일어서는 밤

정해란 시집

시음사
시사랑음악사랑

프롤로그

시는
오랜 사유를 거쳐
마지막으로 남은 언어의 사리

오랜 세월 아픔 속에서 만들어진 진주처럼
살이 상실되고 뼛속 뼈만 남은 사리처럼
해안가 오랜 세월 품고 있다가도
패이고 깎인 아픔 끝에 드러난 주상절리의 외곽선처럼

오만이었다.
처음 쓴 시가 해변시인학교 장원이 되었다는 건
평가단이셨던 시인님들의 극찬 때문에 불어난 잘못된 오만!
쉽게 나오는 시 때문에
잘 차려진 터! 시 쓰기에서 도주했다.
삶 속에서 치열하게 쓰인 시가 아니어서 스스로 자격을 박
탈시켰다.
한 해를 넘기기 전 세모(歲暮)에
언어 감각이 마비되었는지 딱 한두 편씩 혈관에 불 켜보는
통과의례가 있었을 뿐이다. 그것도 몇 년씩 건너뛰다가

낯선 간격에 있는 여행지는
당위성이 솜털처럼 박힌 수많은 나에게서 나를 생포해온다.
아니 결박을 풀어 준다.

다음 영역은 그림이었다. 지극히 소질이 없는 내가
평면 너머가 보이고 색채 너머가 조금씩 보인다.
그리고자 하는 대상에 깃든 감정이 조금씩 보인다.
그리하여 여행 속 그림, 그림 속 시로 여행시화집 『설렘과 낯
섦 사이』가 1년 전 발간되었다.

그동안 써왔던 시, 최근에 쓴 시들을 모아
이번엔 세상 속으로 두 번째 걸음을 내디뎌 본다.
쉽게 나온 작품과 좀 더 치열하게 써진 작품이
여전히 섞여 있다. 하지만 그 평가는 여전히 독자의 몫이다.
뒷부분에선 코로나 19시대를 맞아 위기의 교육현장까지 교
사 일기로 다루지 않을 수 없었다.
마지막 부분에선 감상 시를 다뤄보았다. 감동을 주는 작품
은 또 다른 작품이 될 수 있다는 가능성을 제시하고 싶어서
이다. 다른 시인들 시, 전시회장에서 만난 그림들, 깊이 남
은 영화 등 몇몇 작품

시집을 출간하기까지 도움을 주신 모든 분께 감사드립니다.
시 속 몇몇 시인분과 화가분, 영화 제작에 참여해주신 분들,
그리고 시집 출간의 발판을 마련해주신 대한문인협회 이사
장님과 편집부, 마지막으로 가끔 내 시의 첫 독자인 가족들
까지도!

2021년 2월 정해란

♣ 목차

♣ 목차

♣ 목차

QR 코드　스마트폰으로 QR 코드를 스캔하면
시낭송을 감상할 수 있습니다.

제목 : 하얀 침묵
시낭송 : 박순애

제목 : 불면의 밤
시낭송 : 최명자

시인은 자연을 이야기하고 시낭송가는 자연을 품었다.
글자는 날개를 달아 언어로 날고 소리는 자연에 눕는다.

1부

같은 풍경 속
같은 꿈을 꾸는듯한
며칠 간의 바람
그 바람마다 다른 빛깔
그 빛깔마다 다른 소리
그 소리마다 다른 무게

같은 듯하면서도 사뭇 다른 유록색 바람에서
사람을 봅니다. 인생을 봅니다.

아침바다

선과 원
선으로부터의 원
기하학의 출발을
머리에다 이고서

물과 불
물로부터의 불
기상학의 시초를
가슴 가득 품었다가

서서히
서

서

히
하늘을 여는 바다

월경

몸 아래로만 흐르는 제3의 길
달과 함께 키웠을
시들지 않는 달빛 그리움이
몸 안에서만 맴돌던 그리움이
한꺼번에 터져
오늘은 뭉클 아래로 흐르는 날

열매를 맺고자
해 따라 돌고 돌다가
달 따라 돌고 돌다가
한 달이 다 되어도 만나지 못하니
홀로 핀 꽃들은
하염없이 지고 말아
왈칵 붉은 속울음으로
처연히 눈 감은 날

열매로 맺지 못해
생명이 되지 못해
붉은 피로 선연히 피어난
제3의 길

기침 소리

약봉지를 턴 지 얼마나 지났을까?
수명이 다 된 형광등처럼
뇌세포는 깜박거리기 시작했다.

급커브길 짧은 금속성 뒤
구심력을 잃어버린 경주용 차처럼
의식과 무의식의 중앙선을
비틀거리며 넘나드는 감기

열일곱 속살을 터뜨린 목련화도
더 높은 옥타브로 홍조 띤 도화(桃花)도
깊이 모를 기침 소리의 파문으로
봄은 아득히 흩날리고 있는데
쿨룩거리는 이 어둠 언제쯤 걷힐 건가?

태반에서부터 계속된
호흡법마저 낯설어져
숨소리까지 마냥 절룩이는데
알약 속의 내 의식
이미 떠난 꽃 그림자 속에서
수액도 말라 휘청대는 겨울나무가 되어
알레그로로 오가며 앓고 있다.

시시각각 조이는 이 포박을
어떻게 풀고 들어가야 하나?
오늘 밤엔
기침 소리 안 밟히는 건강한 꿈속에
사유를 가라앉히고 들어가야만 한다.
비록 비틀거릴지라도 꿈길 찾아가
갇힌 꽃향의 봉인을 풀어야만 한다.
그래야만 비로소 평화로운 호흡 되찾으리라.

눈의 온도 1

하늘이 하얗게
키를 넘도록 부서지는 날

눈의 온도는 몇 도쯤일까요?

유년의 추억으로
설렘 가득 내리는 눈
피 끓는 청춘으로
열정 가득 내리는 눈
서로 등 돌린 마음 되어
텅 빈 바람 속을 내리는 눈
자녀의 유년에도 여전히
설렘으로 반짝거리는 눈

하늘 한쪽에 걸린
지나간 나이들
지나간 추억들이
핑그르르 돌면서 하얗게 내립니다.

눈의 온도는 빙점 이하지만
추억의 골목길을 맴도는
눈의 온도에는
결 다른 바람이 나붓거립니다.

당신에게 내리는 눈은
몇 도로 내리고 있나요?

눈의 온도 2

눈의 온도는 몇 도쯤일까?

기다리는 마음들
그리워하는 마음들
응결되어 눈으로 내리나 봅니다
하늘 한쪽 무게를 겹겹이 덜어내나 봅니다

눈 내리는 시간은
서로 멀어져간 온도로
만나지 못한 마음들이
함께 만나는 시간
눈 감지 못한 추억들이
그때 그 온도로 나풀거리며
서로에게 머무는 시간
못다 했던 가슴들이
눈으로 쌓이는 시간

가로등 불빛 아래 서글픈 눈빛보다
더 슬픈 온도로 내리는 눈
길 끝에 선 먼 그대
빈 가슴의 온도로도 내리는 눈
멈춘 채 조각처럼 서 있던 시간들
두근거리던 바람이 건드려
와르르 무너진 온도로 내리는 눈

당신에게 내리는 눈은
몇 도로 내리고 있나요?

바람의 시 1

바람이었다.
길 떠나는 자는
가슴이 먼저 만나고
길에서 돌아온 자는
모든 감각
거친 후에야
마지막으로 가슴에서 만나는

살랑살랑 등 어루만지며 꽃 피워낸 것도
햇살 따라나선 바람이었지만
꽃송이마다 담긴 내밀한 언어들
낱낱이 해체 시킬 위기로 뒤흔든 것도
향방 잃은 바람의 눈이었다.

그곳에 뿌리내려야만 했던 숙명 때문에
항거할 수 없어
서서 견뎌내야만 하는 군상들
아니 온몸으로 항거하는
긴 어둠 환하게 밝힌 생명들의
소리할 수 없는 비명

바람이 다 지나간 자리에
가만히 눈 떠보는 꽃송이들
바람보다 키 낮거나 두 눈 꼭 감은 채
계속되는 멀미 속에서도 지킨
그 귀한 이름들 그 고운 이름들

바람이었다.
길에 멈춰 남겨진 자에겐
마지막에 조심스레 고개 들고
꽃의 노래를 들려주려고
마침내 꽃 속에 뿌리내린 바람

긴 어둠 : 코로나19의 암울한 시기

바람의 시 2
– 바람 속 바람, 시 속 시

같은 풍경 속
같은 꿈을 꾸는듯한
며칠 간의 바람
그 바람마다 다른 빛깔
그 빛깔마다 다른 소리
그 소리마다 다른 무게
누군가의 눈물이 함께 섞인듯한 어제의 바람
누군가의 청아한 노래가 담긴듯한 오늘의 바람
같은 듯하면서도 사뭇 다른 유록색 바람에서
사람을 봅니다. 인생을 봅니다.

바람이 전하는 말 1

무게 다른 햇살이 실린 바람이
오늘도 잠들지 못함은
아무래도 마음 둘 곳 없는 이들이
길을 찾지 못한 까닭인가 봅니다.
왠지 오늘의 바람엔
바람에 앞서 엎드려 우는
사람들의 눈물이 서성입니다.
분명 아무래도 그들의 애환까지 다 거쳐온 탓일 겁니다.

바람이 전하는 말 2

바람이 시시각각 잎의 질서를 어지럽혀도
푸른 햇살은 여전히 밝게 눈뜬 날

바람은 밖에서만 부는 게 아니라
몸속 곳곳에도 불고 있었나 봅니다.
감정의 테두리를 넘어선 곳에서도
원인 모를 그리움이 문득문득 돋아나듯
바람이 일어나는 근원지는 몰라도
꿈꾸는 식물들을 온종일 뒤흔드는 바람
바르셀로나에선 세로로 불어오던 바람이
이 땅에선 모든 방향에서 일어서고 있습니다.

바람이 전하는 말 3

풍향계 벗어난 것 같은 바람 때문에
모든 꽃 떠날 것 같은데도
식물의 꿈은 그대로 자라듯
마음 역시 바람 따라 잠시 흔들렸다가도
밤이 되면 어김없이 다시 가라앉는
마음의 뿌리를 봅니다.
바람 불어 모든 게 궤도를 벗어날 것 같은데도
더 큰 우주의 질서가 작용해서인지
제 자리를 다시 찾아 제 가치로 서는 밤
멀어져간 인연, 떠난 인연들도 그처럼
꽃과 잎과 바람과 시의 파장 속에
함께 윤회하다가
분명 제 위치를 찾을 겁니다.

몸 속 각도

팔과 다리부터 출발해
몸속의 길을 따라가다 보면
움직일 때마다 만들어지는 수많은 각도

때론 창끝처럼 파고드는 예각으로
때론 어떠한 각도 없앤 원형으로
리듬체조처럼 유연하게 살아가기도 하지만
타고난 기형, 정해진 각도로만
천형인 듯 살아가기도 한다.

각도에서 마음껏 자유롭다가
순간의 균형이 무너져
아무리 좁히려 해도
몸이 기억하지 못하는 각도 때문에
화석처럼 굳어진 각도로만 살아가기도 하지만
몸이 예각을 점차 잃어가는 노화로
각도가 이탈되어 살아가기도 한다.
그러다가 마침내 모든 각도가 해체되는
죽음을 맞기도 하는

삶은 어쩌면
몸속에 숨은 각도를 찾아
각자 갈 길을 만들거나
때로 잊은 채 길을 버려야 하는
각도의 끝없는 탐색이 아닐까

가을바람의 붉은 시, 단풍

새벽 여명부터 노을빛까지
몇 번을 꿈꾸어야
이 빛깔로 흔들릴까

유록빛 봄부터 향 짙은 녹음까지
몇 번을 모아야만
이 향으로 반짝일까

온몸으로 울음 삼킨
꼭두서니 눈물 빛에 먼저 기대어 우는 가을바람
이별 예감에 떠나지 못하고
서성이며 단풍잎에 쓰는 시

떠나가는 작은 생명 붙잡아주려
햇볕이 쓴 시 마지막 연을 마무리 짓고 있는
가을바람의 붉은 시, 단풍

어머니의 삶

오던 길 잠시 되돌아본다.
흐름을 멈춘 채

하류로 하류로만
떠밀려가고 있는
반쯤은 멀미이고
반쯤은 체증인
당신 삶의 잔해들

무게를 털지 못해
아래로만 빨려들던 늪지대처럼
벗어날 수 없는 유속(流速)을 따라
하류로만 흐르는 어머니

가끔은 범람하기도 하고
가끔은 가늘어지기도 하지만
흐름을 멈출 순 없는 것

그 흐름의 끝
가을 진 자리에
다시 봄으로 피어나지 못하고
끝내 금 밖으로 벗어나 소천하신
대답 없는 그리움 하나
빈 하늘만 쳐다보며 키우는
지상에 매달린 그리움 하나

하얀 침묵

제목 : 하얀 침묵
시낭송 : 박순애

스마트폰으로 QR 코드를 스캔하면
시낭송을 감상할 수 있습니다.

오랜 함묵으로 수행하는
설산(雪山)의 고요처럼
아직도 하얗게 가려야 할
냉각된 그림자
더 길게 더 낮게 엎드려야 되나 보다.

미로처럼 빠져나가지 못하고
길과 길이 맞닿은 곳마다
바이러스로 엉키는
이 도시의 지문이 위태롭다.

시시각각 조여오는 포위망 속
향방 잃은 사슴의 눈동자처럼
계절도 갈 길을 멈추고
길도 호흡을 멈추었다.

경제, 관계, 꿈속까지 포박된 채
뉘엿뉘엿 넘어가는 경자년
모든 동선 하얗게 침묵할 때까지
생사의 간격을 뒤흔드는 바이러스
먼 산은 정수리부터 발끝까지
여전히 묵언(默言)의 가르침만 줄 뿐
오늘 밤엔 함박눈이라도 하얗게 내려
온통 망각의 강으로 흘러갔으면

물

기나긴 클래식이
어디에서든 눈 떠
때론 청아하게
때론 뇌성처럼 흐르고 있다.

산꼭대기에서 계곡으로
싱싱하게 흐르다가
뚝 끊긴 낭떠러지로
산산이 부서져도
금방 한 이름으로 모아 흐르고
돌 틈에서도 눈 속에서도
수도승처럼 안으로만 소리 모아
묵묵히 걷고 있는 물

바람의 냄새를 감지하고
햇볕의 표정도 낱낱이 짚어내는
강물로 흐르다가

흐를수록 무거워지는
양을 못 가눠
모든 속도 내려놓고
인력(引力)에 맡긴 채
마침내 가장 넓게 가장 깊게
맘껏 호흡하는 바닷물
그곳은 우주의 섭리까지
온몸으로 풀어내는
해탈한 고승이 머무는 피안

인물묘사
-EXIT

그녀는 늘
그 그룹 이야기를
세상으로 내보내는
유일한 EXIT였다.

늘 이야깃거리가 풍부하고
늘 비밀스런 그 무엇인가
가두어진 그 그룹
외부와 거래 중인 한 줄기 빛이었다.

관심 밖에 읽혀지는 EXIT지만
늘 어둠 속에서도 낮은 빛으로
잊지 않고 대기 중인 EXIT

평시에도 언제든지
그녀만이 출입하는 문

다들 흥미로운 기다림 속
내부이야기를 비상 탈출시키는
유일한 문, 그녀

길 안의 길, 길 밖의 길

늘 과속으로 직진 중이던
삶의 속도에서 내려서서
코스모스 한들거리던 길 따라
천천히 걷고 싶은 오늘
가만가만 거슬러 내 뿌리까지 내려가 본다.
그곳에서 만나게 된
태고의 신비를 뒤흔든 첫울음이 시작된 길
아니 한 발짝 더 들어가 보면
엄마 뱃속 따뜻한 양수 따라
어쩌면 가장 편안하게 유영했을 그 길

양수를 빠져나와 시작된 길
연어처럼 회귀할 수도 없고
돌아서서도 안 되는 까닭에
그리 멈출 수 없었나 보다.

때론 길에 갇힌 길
때론 길 없는 곳, 길을 내기도 했고
어떠한 이정표도 나침반도 희미해져
때론 길 밖에서

어둠 속 나무처럼 뿌리내린 채
선명한 길 떠오를 때까지 기다려보기도 하던
때론 나를 빛내줄 길이었지만
굴종이라 여겨 거부하기도 하고
때론 웅덩이가 많고 험한 길이었지만
외면 않고 스스로 택하기도 했던 길

시속 몇 킬로로 달려왔던가?
그 속도에서 내려 돌아보니
잊힌 별자리인 듯 가끔 명멸하는 몇 가닥과
흑백으로 겹쳐 누운 삶의 궤적들

어떠한 길이든 또 다른 길로 나뉘고
또 새로운 길과 만나는 까닭에
길은 결코 끝이 없다.
세상은 길 아닌 게 없다.
어디에서든 누구에게든
존재 이유가 있는 길
그래서 길인가보다. 그래서 희망인가 보다.

한글

백성을 사랑하는 간절한 뜻 담아
임금이 몇 년을 숨죽인 끝에
백성들 비로소 숨 쉬게 된 글자
배우기 쉽고 쓰기 쉬워
모두의 생명이 된 글자

하늘, 땅, 사람 세 가지 우주의 섭리가
음양과 조화 이룬 홀소리
구강 속 소리 나는 곳 모양 본 떠
오행(五行)까지 담은 닿소리
홀소리와 닿소리가 만난 그곳
소리가 곧 글자 되니 모든 뜻 통하는구나.

입 떠나면 사라지던 여염집 아녀자의 생각
날개 달린 글로 담 밖을 벗어나고
왕과 뭇 백성 사이 불통의 높은 벽
서민의 애환도 눈 밝아지니
억울한 사연 하나둘, 못다 핀 마음들 하나둘
소통되어 밝아진 길목마다 생기가 돋아
온 국토의 혈관처럼 유연하게 산하를 흘러왔구나.

그 흐름 속 모든 뜻 열려 소통되니
나라 안 생각이 대륙을 항해하고

역사도 서서히 자리 잡아
선인들 생각 속까지
거슬러 가는 시간 여행 자유롭구나.

분리된 음절들이 비틀거리는 거리
고유어가 외래어인 듯 낯설어진 그곳에도
미디어 속 서로의 무기가 된
말과 글이 낳은 아픔과 갈등의 난기류에도
글이 남긴 생채기 깊어져
끝내 조화(弔花)로 이어지는 행렬에도
대왕의 뜻 가을 하늘처럼 파랗게 높이 떠
그 철학, 그 과학 고스란히 읽어갔으면

생각 속 글, 글 속 글자의 뼈대마다 새긴 혼
시대마다 진화하는 한글의 혼
한국인의 숨결마다 구석구석 깃들어
갈라진 마음과 마음들 이어줬으면
마음을 다독여 치유해 주는
빛나는 말과 글이 제자리 찾아
세상을 아름답게 밝혀주었으면

'백성을 가르치는 바른 소리'

봄비

종일 그은 비로
뿌리는 신열에 젖어
온밤을 뒤척이고
목 타던 관다발은 어느새
촉촉한 봄 처녀의 젖가슴처럼
피어오르고 있나 보다.

혼미한 긴 잠 속에
마른 채 서 있던 나무 한 그루
그 밑동에서부터 가지마다
바삐 에너지를 끌어올리면서
혼(魂)까지 불어넣고 있는
그 신성한 노동

이제 아침이면
뿌리에서부터 시작된 신열은
분명 가지마다
봄빛으로 터질 것만 같다.
내 꿈도 오늘 밤은
비 갠 뒤 유록빛으로
분주하게 돋아나는 봄 들판을
바람이 되어 맘껏 유영하리라.

2부

시대마다 그 시대의 탯줄이 되어
생명을 잉태하고 키워가고 이어왔듯
빛나던 우리 역사도
두 눈 열고 두 귀 열어
시퍼렇게 기억하며 흐르리라

5월의 언어
-아직도 이승에 머문 그 날,
늪지 못하는 넋들을 추모하며-

햇빛 찬란한 날은 찬란한대로

흐려 비바람 소리 가득하면 가득한대로

아직 이승에 머물러 있는 이 날

과거의 페이지로 넘기지 못하는 역사

조용한 평화 속에 민주주의를 외치던 그날

이유도 모른 채

군화와 총칼 속에 잠들어간

수백 주검과 수천 부상과 행방불명

그 통한과 오열의 끝은 어디쯤일까! 언제쯤일까!

그해 홍시

새벽마다 말갛게
눈을 씻고서
새벽 미명부터 여명까지
빛이 열리는 그 시간
숨죽인 채 그려낸 선

그 원형의 나이테
늘어가기 몇 날이던가
그해 드문 뙤약볕에
눈물겹게 채운 속살
가을 햇살에 몸 풀면서
고운 빛깔만 모았나 보다.
남아있는 떫은 기운은
서서히
노을빛에 비우고 또 비우느라
이리 늦었나 보다.

오늘은 비로소
긴 기다림의 끝자리
붉힌 알몸으로
파란 하늘가에 다소곳이 누워
모은 빛깔 풀어내며 쉬고 있나 보다.
내 마음의 하늘가에도 둥실 떠
동심의 까치발 딛고
다시 설레게 하는구나.

한강

한 두올 남은 노을빛마저 삼킨 채
물빛으로 젖어가는 서녘 하늘
그 하늘빛 온몸으로 품고서
꼭 오늘만큼의 역사를 투영한 채
500㎞ 가까이 쉼 없이 누워 달리는 한강

때론 수많은 전쟁의 상실 속에
숨죽여 흐느끼며 흐르다가
때론 순교*의 핏빛으로 흐르다가
때론 민중과 함께 분연히 일어섰다가도
모든 걸 포용하는 어머니의 품으로
넉넉하게 흐를 줄 아는 강

시대마다 그 시대의 탯줄이 되어
생명을 잉태하고 키워가고 이어왔듯
빛나던 우리 역사도
두 눈 열고 두 귀 열어
시퍼렇게 기억하며 흐르리라
내일이면 또 내일의 태양과 함께 반짝거릴
우리 민족의 살아 흐르는
위대한 역사, 한강

오늘도

수많은 문명, 그 꿈마다 바뀌는 빛깔 따라

물결도 바람 따라 일제히 방향 바꿔

도도한 흐름으로 침묵 속에

서해로 숙명처럼 흘러가고 있구나

또 하루분 역사가 이렇듯 흘러가고 있구나

* 순교 : 1866년 병인박해 때 절두산(원래 잠두봉) 성지는 역사에
기록되지 않은 천주교 교인 2만여 명의 목을 잘라 순교한 곳이고,
이때 조선 한양의 인구는 20여만 명이었다고 한다.
이때부터 절두산(切頭山)이라는 지명으로 바뀌었음.

두부 한 모

한 치의 오차도 없이
어떠한 흐트러짐도 없이
가장 정교한 각을 품고도
가장 부드러운 혀끝 감각으로
어떠한 경계도 허물어버리는
백색 역설

가장 얇은 투자로
가장 높은 가치의 단백질
온몸으로 품고 있어
무엇보다 힘없는 서민 같지만
어떠한 탈도, 병도 없이
선조들 밥상의 근육을 키워
논밭을 지켜왔던
건강한 사각 에너지

존재의 시작, 존재의 끝

봄볕의 기지개로
몇 개월 동안 흐릿하던
산의 능선이 하나둘 깨어나고
언 땅 스멀스멀 부풀어
그 속 화석처럼 동면 중이던 작은 식물들
약속처럼 눈을 뜨는 봄날
건초더미 밑에서 손가락 마디만큼이나
쏘옥 내민 새순 속에서도
발그레 볼 붉힌 꽃봉오리 속에서도

빈 나뭇가지 끝
아슬아슬 낯선 이름으로 매달렸던
번데기 속 칩거
화려한 우화를 기다리는
나비들의 꿈이 열리나 보다.
뒤덮여 망각했던 오랜 꿈을 묵직하게 털며
동물군단도 서서히 깨어나나 보다.

생명은 또다시
또 다른 끝을 향해 시작되고 있다.
연꽃이 계절 돌아 연꽃으로 이어지듯
작은 평행이론이
생태계의 계절 수레바퀴에
끊임없이 맞물려 돌고 있었구나.
직선에서 벗어나 원형으로 돌고 도는
시작도 끝도 하나인
유려한 흐름의 어디쯤
내가 서 있고 그대가 서 있을까?

창 1

동틀 녘 가장 신선한 새벽이
먼저 와서 기다리면
태양이 이슬 덜 걷힌 발 벗고
서서히 들어서는 통로

절기가 계산한 딱 그 깊이만큼만
조심스레 들어선 햇빛이
제 위치 찾아 누우면
내부 사물들은 하나둘 눈뜨고
제각각의 몫으로
하루만큼의 명도로
태양이 그리는 곡선을 따라
함께 빛 속을 흐르고 있다.

해 질 녘 반대편 창에선
남은 햇살의 부드러운 촉수
시나브로 어둠을 당겨
창밖 가족도 당겨 부르고 있다.

울리지 않고 스며드는
생명의 종소리가
매일의 출발과 마무리를 알리는 곳
창은
새로운 날과 돌아설 날
새로운 계절과 돌아설 계절
끊임없이 뜨고 지는 지평선

창 2

누군가의 기다림인지
누군가의 그리움인지 모를
서성이며 깜박이는
밤의 눈

모스부호처럼
수천, 수만의 눈으로
저마다의 사연을 알리며 명멸하는
한없이 고요한 외침

창 안쪽 실루엣이
창밖 감정을 뒤흔들면
어둠 속에 선 창밖 감정도
희미하게 배어들던 그 밤
비록 아침이면
이슬처럼 사라지고 말
그리움이 낳은 꿈일지라도
사연과 감정이 흐르고 있는
잠들지 못하는 창

물의 반란

얼마만큼의 무게로 뜬 채 버텼을까?
몇 덩이의 구름 군단이 몇 겹으로 뭉쳐 있었던 걸까?
무게 못 견뎌 온통 무너져 내린듯해도
지치지 않고 지상으로 직진하는 빗줄기
전주도 없이 휘모리장단[1]으로
광란하듯 연주하는 물의 반란
또 하나의 카오스일까?

밑동까지 와락 달려들어 흔드는 빗줄기에
늘 발목까지 묶여 사는 식물들은
무릎 넘어 목까지 차올라도
아니 키를 넘어서도
수인(囚人)인 듯 항거할 수도 없어
눈 질끈 감고 물과 함께 출렁이고 있나 보다.
농민의 꿈과 한숨이 미처
논두렁과 밭이랑을 빠져나오지도 못한 채
올해도 어김없이 실종되어 가나 보다.

빗물은 끊임없이 물길 만들어
낮은 곳으로만 모여드는 게 자연의 이치지만
범람이 그곳에 퍼질러 앉으면 어이할까나
도시에서도 반지하나 저지대
그 수위 낮은 삶들을 위협하고

식물처럼 발목까지 저당 잡혔다가
송두리째 삶이 뿌리 뽑히면 어이할까나
물 멀미 중인 의지까지 물속으로 유실되면 어이할까나
소리하지 못하는 풀잎과 나무의 언어
풀벌레와 매미 소리로 고스란히 전해주던 바람도
비와 함께 점차 위태롭다.
청량한 두 눈뿐 아니라 몸통까지 날기 시작해
지상을 온통 뒤흔들더니
비에 젖은 지축까지 흔들고 있나 보다.

큰비 뒤에도 언제 그랬냐는 듯
햇살 향해 푸르게 일어섰던 식물들처럼
모두의 간밤 꿈처럼
아픔도 상실도 훌훌 털어버리면 좋겠다.
맑아진 햇살에
상흔은 말리고 탈골(脫骨)은 바로 잡아
다시 정돈된 질서 속
가볍게 공원 한 바퀴 돌아온 것처럼
아다지오[2]의 걸음걸이로
어서 빨리 각자의 자리로 돌아왔으면 좋겠다.

1) 휘모리 : 판소리 및 산조 장단의 한 가지. 매우 빠르게 격렬하게 휘몰아치는 장단
2) 아다지오(Adagio) : 침착하게 느리게 연주함.

우울증 걸린 이 땅의 아들딸들아

날마다 밤마다 불어나는
창살과 벽을 무너뜨려야만
탈옥할 수 있단다.
밖으로 나가야만
그곳에 길이 있단다
문 잠그면 밀폐된 채
벽 사이에 난
길도, 문도 찾을 수 없게 된단다.

아래를 내려다보면 안 된다.
그럴 땐 모두에게 기쁨 주던
너의 첫출발을 생각해 보렴
작지만 성공했던 그때를 기억하렴
광장으로 나올 문을
찾아야만 한단다.

언 땅을 뚫고 나온
새봄 새싹과 꽃망울처럼
네 생명 속 밝은 힘 모아
다시 한번 튀어 오르는 거야
문밖엔 네 잎 클로버도 섞인
수많은 길이 기다리고 있단다
빗장 풀고 어서 나와 보렴

낚시, 고요가 흔들릴 때

한 줄 바람도 비켜 갈 줄 아는
찌의 고요가
저녁노을에 타고 있다

낮게 유영하는 모든 것들이
샛바람에 실려 왔으나
수면에서만 머무르기에
촉수를 물진 못하나 보다

시간은 낚시대에서만 흐르다
번번이 멈추니
강태공 마음을
대어가 어찌 알리

가끔 물 끝 위를 치솟는
지느러미의 허기진 눈이
적신호를 감지했어도
피할 수 없는 본능은
시간의 촉수를 물고야 마는구나

고요가 흔들릴 때
물 밖에선 월척의 기쁨이
물 속에선 가족의 애도가
교차하는 운명 속에
빛깔 다른 물길로
멈췄던 세월도 다시 흐르는구나

나무의 독백 1
– 8월의 장맛비에 서다

긴 비에 잎맥 사이사이 진피층까지 마디마디
몇 번이나 씻겼을까?
그 이상은 물 한 모금도 버틸 수 없다.
이젠 토해낼 기운도 없다.
흙탕물, 오물, 역겨운 냄새
머리끝까지 뒤집어쓴 물고문
숨도 제대로 못 쉬고
내 맥박 끊길 듯 위태로운데
언제까지 견뎌야 하나?

좀 비웠나 싶으면
또다시 시작되던 빗줄기
무릎 지나 허벅지 위로 불어오니
관절통과 근육통 먼저 도지고
이따금 온몸을 휘젓는 바람에도
며칠 동안의 트라우마에 시달린
심장이 먼저 질려 쿵쾅거린다.
현기증이 지병이 된 건 이미 오래 전

뿌리를 아무리 힘껏 내려 보아도
닿아야 할 바닥이 닿지 않았던
초보 시절 수영의 아찔함처럼
우리도 물이 되어 유실되어 가는가?
망각의 강물 속으로 떠나가야 하는가?
하늘은 대답 대신
눈물만 더 무겁게 쏟아내는구나.
내 몸 빠져나간 호흡은 이미
유속보다 더 빨리 강물 건너갔나 보다.

나무의 독백 2
- 8월의 장맛비 잠시 쉬어가던 날-

빗줄기 줄기마다

이파리 기공(氣孔)까지 낱낱이

수십, 수백 번을 씻고 또 씻었던 기나긴 장마

무슨 죄로 이토록 긴 세례식을 했었나?

때맞춰 불어온 바람에 온몸 맡기고

드문드문 돋아난 햇살에 속살까지 맡겨 본다.

지그시 실눈 뜬 채

익사할뻔한 악몽 한 겹 한 겹 지우며

서서히 치유되고 있나 보다.

영혼까지 맑아져 가고 있나 보다.

밀려난 계절

저만큼 밀려난 파도처럼
계절은 늘 밀려나 뒤늦게 눈 뜨는구나.

봄꽃은 피었으나 향기는
곳곳의 마스크에 부딪혀 밀리고

6월 하순의 장마는
8월 중순까지 밀려나
계절과 계절 사이
정체전선에 낀 채 수감되었던
또 하나의 긴 계절 속
젖지 않은 이름이 없었던 그해 장마

판단력 잃은 광장의 바이러스는
눈에 보이던 큰 빗물보다
더 크게 흔들리며 밀어낸
8월 중순부터 시작된 더위의 정점

이젠

계절의 뒷덜미 거머쥔 손 풀어줬으면

변종된 계절은 서둘러

푸른 파도 속으로 떠나 갔으면

구름처럼 매일 떴던 걱정이

어서 노을과 함께 사라져줬으면

푸른 잔디 가을바람 타고

나란히 푸르게 눕던 한가로운 가을들녘

맘껏 푸른 호흡으로 숨 쉴 생명의 계절

하루빨리 한달음으로 달려왔으면

높푸른 가을 하늘 아래

마지막 늦여름 햇살로 제 명도 찾은

노란 들녘 넘실거리는 그 계절

마음의 뜨락마다 어서 불어왔으면

가을 예감

누군가에겐
긴 기다림이었던 '비'
누군가에겐
설렘이 묻어있던 '비'
이젠 어느샌가 뒷걸음질 치고 있는 그들

그 기다림의 끝에
먼 망울처럼 맺히곤 하던 '물빛'
그 속에 번져가던 그리운 '물빛'
이젠 먼 각도로 외면하고 싶은 그들

익숙해져 있던 언어의 뒤바뀐 표정에
더 이상은 공존할 수 없어
기억을 묻어둔 채 급히
이 질곡을 빠져나가야만 하는 그들

달라진 언어의 빛깔과 무게를 뒤로한 채
서로 아픔을 다독여주지도
계절을 쉬 떠나지도 못하고
모든 방향에서 길게 흔들렸던 그해 여름

가을에 불어오는 언어의 명도는
더 이상 흔들리지 않고
옛날의 그 호흡, 작년의 그 느낌으로
딱 그만큼의 선명한 명도로
마스크 벗고 찾아오길 기다려 본다.

저마다의 언어들이
홀로 뜬 섬마다 이어주는
징검다리로 부풀어 올라
숨어 갇힌 감정이 맘껏 딛고 가길
그 간절한 바람(願)
지나가는 바람에도 실어 보내 본다.
문득 햇빛 품은 바람이 한가롭게 선선해져 온다.

한여름의 음악회
– 아침 서곡

청아한 새소리
서서히 출구가 보이는 꿈의 끄트머리를 깨우고
매미 소리, 풀벌레 소리
눈썹 끝에 달린 잠의 휘장을 걷는
아침의 하모니

–1막 1장, 바람의 소리 관현악 4중주

큰비 딛고 일어선 나무와 풀잎들
그 몸속 어디에
그토록 푸른 기운이 숨어 흐를까?
물관부를 통해 뿌리에서 빨아들인 걸까?
장맛비 사이사이 햇살 내림으로
몇 뼘씩 푸르게 올라섰을까?
아니 지나가는 초록 바람에 이마까지 물들었나 보다.
무대는 완벽했다.

미풍에도 쉴새 없이 흔들리는
벚나무와 단풍나무잎은 바이올린 되어
삶의 힘겨운 무게 말끔히 걷어내고
그 옆 향나무는 첼로 되어
아름다운 여체(女體) 실루엣이라지만
힘 있는 남성 바리톤으로 낮게 일렁이고 있다.

비에 젖은 무거운 어깨 털고 선 측백나무
높낮이의 중재자 비올라 되어
온갖 에너지 끌어모으니
흔들림 없이 매료시키는구나.
굵고 듬직한 소나무 몇 그루는 높은 키로
모두를 내려다보는 콘트라베이스 되어
현은 바람에 맡기고 몸통의 울림만으로
어머니의 젖가슴처럼 모든 소리 다 감싸
따뜻하고 풍부한 울림으로
대지를 품어주고 있나 보다.

때맞춘 바람이 관악기 되어
모든 심장에 호흡을 불어넣어
관현악단을 지휘하던
한여름의 숲속 오케스트라

- 1막 2장, 여름 소리 현악 2중주

소리할 수 없는 식물들을 대신해
나무마다 숨은 매미 소리
풀잎마다 깃든 풀벌레 소리

시시각각 빛의 세기에 따라

각기 다른 데시벨과 흔들림 없는 주파수로 발산하는
매미의 구애 소리 목마르구나
짝 찾아 한 달을 불사르려
그 기나긴 인고의 햇수를 견디며
땅속 그 어둠을 유충으로 연명했을까?
어떠한 몸속 무기도 없으니
무수한 천적 속 생존해야만 번식시킬 수 있어
천적의 성장 패턴에 철저히 엇나가게
자신의 성장 패턴 늦춰 가면서[1]
우화 시기를 그토록 노렸을까?

참매미, 말매미 종류는 달라도
몸통을 온전히 비워내는 생존의 진화로
소리통 키워내고 제 청각까지 꺼버리고서
데시벨 일제히 높인 수컷들
온 힘을 다해 목청껏 풀어내는구나.
나무의 수액만 먹고 키운 소리
그건 바로 나무들의 소리였구나.

가장 깨끗한 수액만 빨아먹었던
몇 년인가의 긴 기다림 속
가장 맑은 음만을 다듬은 소리의 어울림
바이올린과 비올라의 현악 2중주

아침마다 이슬 모은 이름 모를 풀잎 뒤
풀벌레와의 생존이 걸린 끝없는 합주는
도시 소음치고는 너무나 절박해
넉넉하게 마음 열어 감상하면서
한낮의 더위를 식혀줘야 하나 보다.

– 피날레

참매미의 소리 끝에 달린 비운의 단조
바람 부는 햇살 앞 이슬방울처럼
위태롭게 매달린 채 부서질까 애처롭구나.
앞뒤 베란다 활짝 열어놓고서
숲속의 음악회를 즐기는 한낮의 정점
이슬처럼 증발한 더위 덕분에
여름도 어느덧 뒷모습인가?
햇살 끝 바람이 예사롭지 않다.
입추가 왔나 보다.
처마 없는 베란다 깊숙이
맨발로 소리 없이 달려왔나 보다.

1) 천적의 성장 패턴에 따라 자신의 성장 패턴까지 달리하며 :
   매미는 종족 보존을 위한 전략으로 소수 주기로 등장한다고 함.
   매미가 7년, 13년, 17년이라는 정확한 주기를 지키는 것은,
   천적이 너무나 많아 소수 주기로 성장하면 천적과 마주칠 기회가
   적어진다고 함. → 출처 : 동아사이언스, 중앙일보

3부

나에게서 나간 말 뿌리
누군가의 마음에 뿌리 내려
부정의 씨앗으로 날리어
또 다른 누군가를 숙주 삼아
자꾸만 번식해 가는 건 아닌지
다시 한번 돌아봅니다.

말 그리고 말 1

해 넘김을 앞두고
나에게서 나간 말들을 돌아봅니다

위로하려고 꺼낸
내 짧은 생각과 섣부른 말이
좀 더 느린 박자로, 좀 더 낮춘 무게로
딱 그곳으로 내려가 공감하지 못하고
여전히 먼 간극으로 서서
마음을 공허하게 한 건 아닌지 돌아봅니다.

숙제하듯 일방적인 위로로
모두 회복되었다고 돌아선 건 아닌지
내 말의 빛깔과 온도를 돌아봅니다
마음에 앞서 나간 성급함으로
그늘 주었던 말 그림자는 없었는지 함께 돌아봅니다.

나에게서 나간 말 뿌리
누군가의 마음에 뿌리 뻗어
부정의 씨앗으로 날리니
또 다른 누군가를 숙주 삼아
자꾸만 번식해 가는 건 아닌지
다시 한번 돌아봅니다.

이미 말은 나를 떠났습니다.

고양이

언제부터였을까
어디에서부터였을까
공기의 냄새를 미리 보고
바람의 주파수를 먼저 듣는
선지자

방향이나 시간의 흐름까지
정확히 꿰뚫어 보고
언제든 밸런스 잃지 않는
그 냉정함 속에서도
아늑하게 시간이 닻 내린 곳 찾아
조용한 평화를 즐기는
욕심 내린 능력자

야생의 자기장 벗어나도
제 영역과 제 속도를 간파하는
그 삶의 지혜
꼬리에서였나
수염에서였나

스키, 내 슬픈 쉼표

마지막이라 여겼던
백야(白夜) 스키 그 이후
눈부신 파노라마 코스

포복했던 안개로 초점이 흐릿하니
가끔씩 출렁이는 S자도
후들거리는 순간
쉼 없음의 무모함을 급히 합리화한다.
허벅지 통증, 너무 긴 코스, 설경,
나동그라진 스키어(Skier) 비켜주느라
결국 엣지[1] 있게 새로이 새겨보는
S자 끝 중간 쉼표

리프트를 타고 오를 땐
쉼표 없이 타리라
추위 속 저 나무처럼 견디리라
설원에 몇 번인가 새겨보지만
착지 후 타다 보면 무수히 돋는 유혹에
새로 긋는 S자 끝 쉼표

가장 짧은 중급코스에서도
어김없이 내 호흡이 된 내 슬픈 쉼표
이젠 이 호흡, 이 쉼표
묻고 돌아설 풍경인가보다

---

1) 엣지(edge) : 1)모서리, 가장자리 2)은어 3) 보그체로 패션계에서는 각지다,
세련되고 멋있다.

광고의 끝

우편함에 육필 묻은 편지는
어느 나라로 배달되고 없는가?
온통 인쇄된 활자로 혼숙 중인
수많은 우편물, 광고물 중 몇몇을
급히 흔들어 깨워 데려오던 퇴근길

계단을 오르다 문득
날마다 계단 창을 기어오르는
더 작고 빠른 사각 애벌레들을 본다.
하루도 빠짐없이 자라더니
신혼집 새 빌라 계단참 그 유리창
하늘까지 온통 덮어
그 틈 속 하늘만 위태로울 뿐
광고의 끝은 찾기가 힘들다.

어제보다 몇 뼘은 더 좁아진 우리 집 현관문
어떠한 살충제도 뚫고 지나온 듯한
초강력 사각 애벌레 몇 마리
주인을 침입자인 듯 경계하면서
촉각을 곤두세운 채 다닥다닥 누워있다.

TV를 켜 본다.
채널마다 체증이 걸린 광고 무더기들
시작을 위해 또 다른 작은 시작으로 튀어나오고

끝을 위해 또 다른 끝이 목놓아 기다린다.
이젠 중간중간 징검다리처럼 끼어들고
유튜브, 인터넷 뉴스에도
문장부호보다 앞서 수시로 파고드는
광고 선진국! 우리 대한민국

밥을 지으려 씽크대 문을 열어 본다.
문 안쪽에서 빈틈없이 번식한
사각 애벌레 군단
날마다 자라는 그들의 촉수!
급하면 시시때때로 이용했으면서도
이제 현기증과 두통이 되어버린 광고물

승용차 문을 열려고 보면
차 key 그림자에 앞서
어김없이 앉아 있던 광고와 명함
앞 유리에 앉았다가 때론 뒷유리에 무임승차 중인
인정할 수밖에 없는 반려충(伴侶蟲)
내 삶 가득
유년의 새 옷에 붙은 껌처럼
한 발짝씩 뗄 때마다 달라붙는 그림자
어쩌면 지워지지 않을 악몽일지도 모른다.
아니 매일의 생존을 확인시키는
반가운 생명 마크인지도 모른다.

꽃망울과 열매 사이

봄
온몸으로 추위를 앓고 난 나무
뿌리에서부터 퍼올리는 수액으로
얼어붙은 몸을 바삐 깨우는 일
겨우내 감기 걸린 가지에도
동상 걸린 채 마른 하늘 받치던 가지에도
옹이처럼 박힌 겨울을 털어내라고
하나하나 머리 짚어주고
잊힌 광합성의 기억도
남김없이 되살려내는 일

꽃망울
공들인 분주한 작업 끝
접혀있던 모세혈관까지
에너지가 힘차게 돌면
꽃망울마다엔
겨우내 묶어둔 인고와 함께
앞으로 깃들 봄볕 설렘이
꿈속인 듯 머물러 있는 곳

과거와 미래가 함께 공존하는

그 작은 꽃망울 속에도

자연의 질서는 함묵한 채

위로만 위로만 솟구치고 있었구나

그 질서가

거꾸로도 흐를 수 있는

열정 가득찬 날

마침내 꽃이 되고 열매가 되어

또다시 생명을 잇게 하는

고 작은 이름 하나

농부의 독백

파종부터 수확까지
몇 번의 늪을 지나야 하나?
한 발 빼기도 전에
다른 발이 허물어지는 들판의 현기증
가뭄 지나니 장마
장마 지나니 태풍
태풍 지나니 병충해

온갖 공 다 들여 키운
한 해 농작물, 과수, 축사
다 잠기고 쓰러져 익사한 채 떠내려가니
내 삶도 전신 마비된 채 허물어내려
형체도 없이 기억 밖으로 빠져나가는 걸까
환경을 무시한 인간의 죄로
장맛비로 역습해 수탈하는 하늘이시여
신의 영역까지 침범하려 한
인간을 부디 용서하소서

한 해 한 해

뼈 마디마디 실금이 뻗어가고

신경통 전신을 헤집으며 욱신거리는데

타는 가슴에 박힌 옹이

몇 개를 더 끌어안아야만

황금 들녘 너울지는 끝이 보이려나

긴 장맛비에 파종할 때의 꿈은 수장된 지 오래

제방 무너지듯 무너진 가슴마다

골 깊은 고행 가쁘게 숨 쉬는데

온몸에 생채기뿐인 내 삶도

황혼과 함께 뉘엿뉘엿 지려나

혼미해지는 길

어둡고 긴 터널 지나도

끝까지 살아남아 기다리는 생명 몇 포기

새벽이슬 털고 남은 생명 일으켜 세우다 보면

건강한 태양은 다시 떠오르겠지

내 직업은 정직한 땀으로 연명하는

이 땅의 농부

경춘선 따라 대성리에서는

세탁 끝 소음처럼
태엽 풀린 출발음으로
오랜 관절염을 털고 일어선 기차
바퀴 도는 소리가 역한 쇠 내음으로
몸을 서서히 감아오는 듯한
홀로된 기차여행의 시작

일상을 벗어나 보고자
오래된 소설의 한 페이지처럼
가락국수도 후루룩 단숨에 털어 넣은 후
3호차 29번 좌석에
내 삶을 통째로 부려놓는다.
살아온 무게가 지구 무게의 반쯤은 되나 보다.
그런 여행의 꿈이 준 무게 때문일까?
해가 갈수록 묵직해지는
삶의 무게 때문일까?

차창 밖 물오른 산등성이엔
진달래 외로이 수줍고
길가 곳곳엔 개나리, 복사꽃, 벚꽃
꽃 그림자까지 밝은 향기 가득 배어
달리는 풍경마다 향기가 먼저 흐르는구나.
강물 수면에 봄꽃 그림자가
소풍 나온 듯 누우면
강물도 취해 흐르고
그 속 봄으로 가는 기차도 취해 달린다.

취하지 않고 멈춰 선 것들만
다시 뒷걸음질 쳐
기찻길 궤도 저 멀리
소실점 밖 겨울로 사라져 가고 있다.
대성리 가는 경춘선 기차에서는
시선이 차창 밖으로 날아오르기 시작하면
덩달아 모든 무게에서 벗어난다.
대성리 가는 경춘선 기차에서는

냉장고 바꾸기

기나긴 세월 속
또 하나의 가족이 되어
칸마다 살아있는 화석으로 서서
수시로 가족들을 부르는 거대한 포식자

냉장고에는 가족마다의 표정이
말갛게 비쳐 온다.
때론 기대와 실망이 교차해 뜨고
식재료 탐색하는
직장맘의 바쁜 아침은 빛보다 빠른 스캔
때로 밤늦은 귀가로
덜 풀린 속을 시원하게 풀기도 하는
수많은 표정이 겹쳐 떠 있다.

냉장고는 몇몇 생명이 멈춰서서
가족들의 또 다른 생명을 지켜주려
기다리는 플랫폼
바코드를 거쳐 카드 사인이 끝나야만
내 소유가 인정되는 식재료들
저마다 유통기한이란
또 다른 생명을 이름표로 찬
시한부 생명들이 모여 사는 곳
시선 밖 생명들은 잊힌 채
또 다른 쓰레기가 되어 떠나가는 곳

냉장고에는
각기 다른 산지(産地)
각기 다른 길을 거쳐
국적까지 뛰어넘은 수많은 DNA가
가족처럼 함께 살고 있었구나

냉장고 속은
평온한 호흡의 냉기류 속에
무수한 이력이 함께 흐르는 곳
수없이 뜨고 졌던 해와 달이
계절을 힘겹게 건너면서 선물로 남긴
싱싱한 농촌 들녘의 이력이,
온갖 파도와 태풍을 이겨낸
일출과 낙조가 누워있는
짭조름한 바다 생물의 이력이,
산사태와 산불의 몰락 속에서도
새벽마다 푸른 정기를 받고 눈뜬
정수리까지 푸른 산지촌의 이력이,
때로 몇 개의 국경선을 넘기도 하고
공장의 기계음과 고열을 견뎌내면서도
가지런한 질서로 가공된 이력이,
그 이력들이
칸마다 풍경처럼 나부끼며
계절보다 앞선 맥박으로
가족의 매 끼니를 지켜주고 있었구나

그리움이었나보다

어떠한 지문, 어떠한 동선도
처절하게 지워버린 채
역류를 잊은 인연의 강에 흘려보내니
하얗게 빈 세월 몇 해였던가

혹여 돌아오는 길 잊어버릴까 봐
서로를 금 밖으로 가두고
한 올도 남김없이 각각 수장시킨 채
아스라이 떠나보낸 세월이었다.
이미 세월 밖 인연들일 뿐이었다.

하지만 여전히 가끔은
밤비 속 가로등으로
가을 길 허적한 바람으로
밤바다의 어둠으로
내려앉기도 하는 인연들

바뀐 계절의 빈 하늘 가장자리에도
가을 쓸쓸한 해 질 녘 채운에도
낮게 혹은 깊게 불어오는 바람에도
종일 비 오는 날 나무의 등 뒤에도
비스듬히 스며 떠오르는 그림자들

누군가를 그리워한다는 건
잠시 멈춘 시간의 숲에서
지나간 삶을 들여다 보는 일

그곳 무채색 기억을 더듬어 부른 색감으로
잠들었던 생명을 일으켜 세우는 일

올라오는 감정 애써 지워버리지 말고
아픔은 아픔인 채로 떨림은 떨림인 채로
우두커니 있는 그대로 마주하는 일

그게 그리움이었나 보다.

낙엽일까 낙화일까

바람 따라 그리움 한 움큼 고여
햇볕 따라 슬픔 한 움큼 고여
차마 돌아눕지 못하는 계절

막힌 봄, 길게 젖은 여름 다 견디고
유난히 고운 가을, 온 힘으로 붙들고 있는
빛깔 한 장
거기 담긴 갖가지 사연의 무게
쉬 떠나보낼 수 없어
불어오는 바람 타고
한 잎 두 잎 가슴으로 쌓이나 봅니다.

오늘따라 맑아진 바람이
단풍잎에 조심조심 거닐고
오늘따라 깊어진 햇살에
눈은 자꾸만 시려오니
모질게 돌아서질 못해
낙엽으로 대신
시월을 떠나보내나 봅니다.

잎인지 꽃인지 몰라
중력도 어찌하지 못해 놔버려도
땅바닥에 차마 떨어지지 못해
가슴으로 쌓이니
바스락 단풍길 된 가슴은
깊어진 붉은 울음 대신 웁니다.

빛깔 흔들리는 낙엽인지
향 깊은 낙화인지
눈부신 10월의 마지막 날
서서히 깊어갈 아름다운 죽음 속
생명으로 다시 일어설
긴 꿈을 약속하며
살며시 시월을 놓아줍니다.
인연의 끈을 놓아줍니다.

접속의 숲

언젠가부터 나를 포획하고 있어
온전히 자유로울 수 없는
오프라인 위로 연결된 무형의 선들

어느 해 여름 체코 프라하의 소극장 인형극
관객에게 주는 눈물과 웃음, 수많은 박수갈채 뒤
분주하다가 위태롭기까지 하던 그 실들의 움직임
희미하게 들켜버린 그 공연, 너무 앞자리라서
유연한 움직임 밖 정교함의 한계를 본 뒤
인형과 연결된 선들이 왜 자꾸만 보였는지

오늘 이 시간
인터넷이라는 또 하나의 지구
그 접속의 숲에서
내 선(線)은 어떤 시공(時空)에 얽혀져 있고
나 또한 어떤 선으로 그들을 얽고 있을지 모를
뿌리들 혹은 가지들
한랭전선 속이라지만
어떠한 걸림돌도 없이 온갖 촉수를 건드리며
빛의 속도를 앞선듯한 갖가지 교신을 본다.

가상 속 '좋아요'나 'up' 수가 검증도 없이
본질의 가치로 매겨질 수 있는 위험한 프레임
서로 묵언의 바램을 공유하면서
또 다른 채널을 두드리는 슬픈 자화상
봇(bots)[1]과 인간의 엇갈린 역할에도
가상과 현실의 뒤바뀐 교란에도

동요 없이 서로의 문을 열어
관계 속 또 다른 관계를 부르고 있다.

내 안의 나를 업로드 하는 나
나 밖의 나를 업로드 하는 나
그런 수많은 나
인증을 요구했던 잠긴 문(門)마다에
개인정보라는 열쇠로 열었던 수많은 길
내 가치를 맞바꿔 들어섰던 문은
봇(bots)까지도 넘나드는 문이 되었나 보다.
각자를 조정하는 선들은
날마다 지구 대척점까지도 초고속으로 번식해
접속의 숲은 오늘도 발끝까지 멀미 중

어쩌면 중력 대신 접속이 작용해
자전과 구심력 속에 우리가 서 있을지라도
다른 종(種)으로부터 지켜내야만 한다.
따뜻한 온기와 섬세한 선의가 인증의 좌표라면
희망과 생명을 읽어가지 않을까?

그러면 비로소 접속의 숲은
마스크 쓴 냉기류 속에서도
밝게 핀 봄 햇살처럼
아름다운 소통의 숲이 되지 않을까?

1) 봇(bots) : 질문에 즉각 대답하고 다른 사람에게 말할 필요도 없이 빨리 일을
처리할 수 있도록 도와주는 가상비서, 컴퓨터 비서

이 가을, 신이시여

밤새 뜬 눈으로 정박해있던 바람은
더 투명해진 눈으로
햇살마다 가지런히 빗질하고
나뭇잎들은 그 햇살 따라
그곳에 머무는 마음들까지 곱게 빗겨주는
아름다운 계절
눈물 섞인 멍투성이 계절을 건너왔기에
더 소중하고 더 찬란해진 가을

이 가을엔
열매가 되지 못한 모든 인연
빈손으로 또 다른 계절 속으로 떠나는 자들
소리 없는 응원으로
어깨를 따뜻하게 토닥여 주소서

이 가을엔
벽을 남김없이 거두어 가소서
자고 나면 핵분열처럼 갈라져
늘어나는 이념의 벽들
자고 나면 고공을 치닫는
확진자 숫자의 벽들

지키기 위해 막아야만 했던
빈 표정의 하얀 사각 벽들
生의 향방 잃게 한 온갖 것들
낱낱이 공중분해 시켜
지구로 돌아올 길 끝내 망각하게 하소서

이 가을엔
정겹고 소박한 들꽃 길 따라
마음까지 가볍게 흔들리며
그 파란 풍경 속 햇살 따라
맘껏 부대끼며 걷게 하소서

이 가을엔
이 부시도록 아름다운 햇살 속에
내면 깊숙한 피의 흐름까지
한 가닥도 남김없이 치유 받게 하소서
또 다른 누군가를 위해
들꽃처럼 낮은 이름 위해
더 낮게 기도하게 하소서

소나무

해마다 오월이면 연녹색 햇가지에
또 다른 생명으로 일어선다는
높푸른 큰 키 소나무

짙어졌다가 연해졌다가
깊어졌다가 산뜻해지기도 하길
어언 100년이 넘어
이제야 한옥의 집성재가 될 수 있다는 나이
대들보로도 문틀로도 처마로도
쓰일 수 있다는 나는

뒤틀리거나 틈이 생겨도
그 틈으로 비집고 들어가면
무엇이든 다시 이어주고
체온이 흐르게 하는 끈끈한 수액으로
생명을 지켜주던 나는

살아 500년 죽어 500년을 걷기에
집성재로 들어서면
100년이 지나도 수액을 뿜어내
생명을 나눠주는 나는

모든 감정 다 벗어난 선비 되어
달빛 고즈넉한 겨울밤을
홀로 건너고 있다.

4부

어둠을 바로 해독해야만
비로소
빛으로 떠오르는 빛

그림자를 밝게 비워내야만
비로소
빛으로 차오르는 빛

생명 지우기

별빛이 새어들었나 봅니다.
달빛이 파고들었나 봅니다.
한 줄기 신음 틈으로 순간 파고든 그 빛
늘 기다림에 젖은 빛과 만나
생명이 되어버렸나 봅니다.

밤 깊은 혼과 혼이
가장 깊숙한 유랑을 거듭하더니
만남이 생명이 되는 순간
그 순간은 몇십 년의 영원으로
이어지는 호흡이 되나 봅니다

그의 작은 분신 하나
온몸 가득 빛으로 찼으나
감기약 몇 봉지 때문에
소리 없는 어둠으로 내려
어느 하수로 흘러야만 합니다.
십자가는 이미 흐려 있고
기계는 휘저어 무너뜨리나 봅니다.
가장 작고 여린 생명을

바늘 하나 꽂히면서 의식은 땅거미 지고
눈을 떠 보니
나는 나인 채로 호흡합니다.
그 사이에
가장 가까운 생명 하나
함께 탔던 지구에서
소리 없이 내렸나 봅니다.

슬픔인지 아픔인지, 반항도 감정도 없이
금 밖으로 흘러갔나 봅니다.
사랑도 지워지고 그대도 지워지고
나까지 지워진 것만 같습니다.
생명 지우기는 고통은 없었지만
고통 없음이 더 큰 고통이었습니다.

커피 한 잔의 사색

본시 물이었다
흐르던 발길 멈춘 채
잠시 뒤돌아선 물

듣기만 해도 설레는 봄비를
뿌리로 온몸에 끌어올려
가지 끝 모세혈관까지 신명 나게 하던 그들

봄 햇살 아래 느긋하게 하품하던 나무
그들 세포방마다
햇살 투명하게 채우다가
물이 잎까지 까치발 들면,
수증기로 하나둘 빠져나와
어지러운 인간사 두루 둘러보며
구름으로 뭉치는 그들

더러는 땅속까지 흐르다가
더러는 강물로 흐르다가
바다까지 겸손히 낮아지다가
또다시 승천할 줄 아는 그들
수없는 승천과 하강 사이
내 몸 안을 지나갔는지
내 몸 밖에서 흘렀는지 모르지만
그 흐름 사이
한 잔 커피 되어 나와 마주한 인연

또다시 내 몸속 감각 돌고 돌면서
내 감성 통로를 열어두고
내 지각까지 불러 세울 그들
그 한 잔 속
우주까지 함께 고여 흐름을 잊은 채
잠시 마주하다가
서서히 내 안으로 들어서
다시 흐르기 시작하는구나

데생 1
-구(球)-

그것은 결코
공허가 아니었다
하나의 평면이
입체로 일어서기까지
어쩌면
생명의 시원을 흔들어 깨워
오롯이 보듬어 오는
숭고한 작업이 아닐까

무수한 선의 움직임
그 선이 만들어낸 면
각각 표정 다른 수많은 면이
수 없이 빛의 방향 바꿔가며
떠오른 원

또다시 몇 번인가를
아픈 살 깎기와 살풀이로
돌아눕기를 거듭하던 원이
드디어 일으켜 세운 구
이미 그것은
온갖 감정 가득 품은
하나의 생명이었다.

데생 2
-빛-

언제든지
어디에서든
어디로든
존재하는 빛

물체와 공존할 때만
실체가 드러나는 빛

데생을 하다 보니
빛 가운데 빛이
차츰
보이기 시작한다

어둠을 바로 해독해야만
비로소
빛으로 떠오르는 빛

그림자를 밝게 비워내야만
비로소
빛으로 차오르는 빛

초보 고속주행

톨게이트를 지나
쉼표 없는 길로 접어들면
벗어날 수 없는 속도 속에서
나는 어느덧
어느 밤 악몽을 밟고 있다.

엑셀에 힘을 줄수록
악몽에만 가속이 붙어
내 그림자 덮쳐와도
목을 빈틈없이 졸라와도
선 밖으로 벗어날 순 없는 일

목이 바닥까지 타들어 가고
뒷목 신경이 가닥가닥 마비될수록
의식은 차선처럼 가지런해야만 된다.
백미러에 차가 모두 사라진 뒤
내 긴장을 2차선으로 바꾸는 순간
마침내 차선마다
코스모스 한가로이 흔들리고 있다

오해받은 그 날

육신 겹겹이
정신 켜켜이
불면에 생포된 밤

낮에 못다 푼
오해의 그물 속에서
뒤척일 때마다 쏟아지는
생각의 허물들

주변의 수십 시선이
활시위로 팽팽하게
포획을 좁혀올 때마다
뇌리는 갈래갈래 찢겨가고
피는 점점이 흩어져 간다.

아픔을 계산할 틈도 없이
통각을 길게 마비시킨 채
밤의 끝자리에서 결국
되돌아올 말 사태로
무수히 무너져 내리는 꿈
피하지도 못한 채 누워야만 한다.

밤이 다 되면
일출과 함께 달려가
내게 덧씌운 말의 껍질 벗겨
속살만 남은 마음 모두 이야기하리
움직일 수 없던 돌의 무게 모두 벗으리

분신훈련

내 몸이 하나로 부족할 때
나는 불현듯 거울을 놓고 싶다
두 폭 병풍 같은 거울
각도가 좁아질수록
수 없이 분열되는 나

엄마로, 아내로, 딸로, 친구로
직장인으로, 주부로, 시인으로
각각의 몫으로 동시에 살아가는

25시간이 될 수 없듯
분신은 내 삶 이상의 사치였을까
그 각도 사이에
내 꿈의 울타리 칠 수 없는 걸까
가끔은 아직도 분신을 꿈꾸며
병풍 같은 각도 좁은 거울을 놓고
잠자리에 들고 싶다.

불면의 밤 1

뒤척거리던 의식 한 가닥
잠 밑으로 끝내 가라앉지 못한 채
꺼지지 않는 빛 틈으로
스멀스멀 기어오르고 있다.

마지못해 접혀있던 의식들이
호리병 뚜껑이 열리자마자
뿌리째 뽑혀 나와
분자운동은 시작부터 절정이다.

이제는 어김없이 육신은 일어서서
의식을 조용히 추스르고
식구들 꿈을 건너
옆방으로 건너와야만 한다.
오늘 밤은 언제나
고압 전류 흐르는 등이 꺼지고
꽃등이 가늘게 밝혀질까?

제목 : 불면의 밤
시낭송 : 최명자

스마트폰으로 QR 코드를 스캔하면
시낭송을 감상할 수 있습니다.

85

불면의 밤 2

밤이 아무리 깊어도
매미 소리에 밤이 내리지 않는 것은
잠 못 드는 불빛들이 있어서일 게다.
만나지 못한 인연들
기다리고 있어서일 게다.

수직으로 지상을 밤새 긋는 장맛비 소리
평행으로 불빛 향해 밤새 내지른 매미 소리
수없이 많은 교차 속에서도
단 한 방울도 젖지 않은 울음
단 한 방울도 지치지 않은 빗방울
서로 만나지 못해 끝나지 않고
밤새 계속되었을까?

물로 차오르는 밤을
현기증으로 건너던 꿈도 난파되고
주춧돌처럼 딛고 있던 삶의 터전도
모래성처럼 유실되어버린 그 밤

사라져가는 것들을 차마 지켜볼 수 없어
매미는 몸을 비우고 또 비워가며
그 밤 유난히 더 크게 울어댔을까?

잠들지 못한 불빛들
만나지 못한 인연들
뜬 눈으로 새로운 아침을 맞아도
여전히 목쉬지 않는 소리
방향을 상실한 계절과 함께
내장까지 푸르게 우는 이 지구의 눈물을
어이 견뎌야 하나?

기다리던 태양은 오늘도
황도(黃道)¹⁾에서 멀리 벗어나
석고상처럼 외면하고만 있나 보다.

하루빨리
젖지 않는 밤, 맑게 눈 뜬 날이
모두의 아침으로 기지개 켰으면

1)황도(黃道) : 지구에서 바라볼 때 태양이 지나는 길

배설의 덫

해와 달이 바뀌어도 여전히 그림자 되어
내 동선 곳곳을 따라붙어 기웃거리는
삶의 배설물, 쓰레기들

그나마 농산물은 소비자의 의지로
그림자의 봉인을 서둘러 막아 보지만
수산물이나 육류는 냄새와 육즙 때문에
게다가 선도까지도 높여주니
선택할 수밖에 없는 초 밀착형 그림자
이중 삼중 포장해야만 이중 삼중으로 돋보이니
소비자 선택을 앞둔 포장은
건너뛸 수 없는 통과의례

마트나 문화공간, 택배, 배달음식까지
모든 생활 속에 껌딱지처럼 달라붙은
문명 속 거대 문명을 어이할까나
그 발톱 아래 숙명처럼 들어간 채
지구는 쉼 없이 자전해야 하는데

먹이사슬의 꼭대기 층에서
먹은 만큼, 살아있는 만큼의 배설
하수구 거쳐 강, 바다로 흐르거나
땅이나 식물들 거쳐
어김없이 우리에게 돌아오는
이 순환 속 예정된 검은 그림자

세계 도처 코로나 19 공포가
스며들까 봐 동여맬 수밖에 없는
마스크와 배달, 포장 음식, 의료 폐기물
맞서 이겨야 하기에
동거할 수밖에 없는 슬픈 선택까지

실체를 포장한 허상 때문이든
맥박을 지켜야만 하는 슬픈 선택이든
한 발짝 한 발짝 덫을 향한 우리의 삶까지 한 발짝씩
송두리째 밀봉 포장되고 있는 건 아닐까
깨어 봐도 여전히 꿈속이던
악몽 속 악몽처럼

사랑가

어화둥둥 바람이었다.
죽은 세포 밑바닥까지
뜨거운 피로 흘러들었다.
피는 들린 채
내려설 줄 모르고
휘모리장단으로 출렁거리기만 했다.

나무마다 가지마다 혼을 부르는
육중한 울림이었다.
신열을 뿌리까지 뒤흔드는
신들린 바람이었다.

무기수의 족쇄처럼
벗을 수 없는 형벌이었다.
시시각각
가슴에 풀무질하는
뜨거운 바람이었다.

퇴색되지 않은 응시로 목을 조이고
지워도 지워도 또다시 돋아나는
발아 직전 바람의 씨앗
내 봄을, 또다시 내 가을을
어지럽게 눕히는 건
내 몸이 되어버린 바람이다.
어화둥둥 내 사랑아

겨울나무

계절을 다 건너온 빛깔 다른 무게들
고스란히 걸려있는 어깨마다
빈틈없이 털어내고
세포 속 남은 수액마저
바닥까지 쥐어짠 그들만의 생존방식이었을까

새싹과 꽃 잉태한 겨울눈을 품었기에
절기가 오기 전엔 싹 틔우지 않으려
자궁문까지 굳게 다문 채
기나긴 동면에 들 수밖에 없었을까

그것은 어쩌면
수태(受胎)한 어미처럼
절기를 찾아 몸 풀려고
언 발 묻고서 온갖 추위 다 견디며
새봄을 꿈꾸고 있는
강인한 모성애였나보다

빨래

빨래를 한다.
올올이 들어앉은 삶의 빛깔들
말갛게 헹궈 제 빛깔 내려 빨래를 한다.
꿈속까지 건너올지 모를 바이러스를
남김없이 삭제하려
컴퓨터 자판의 delete키 누르듯
세탁기 버튼을 눌러 본다.

빨래와 함께 도는 건
며칠 간의 날씨와 몇몇 DNA 그림자와
거기에 담긴 수십, 수백 감정들
그리고 며칠간 수고했던 가족들의 일상
각기 기다랗게 혹은 구겨진 채 누운
가족의 체취를 솔기마다 건드려
빈틈없이 씻어내고 있다.

빨래를 한다는 건 어쩌면
관계 속에서 비롯된 오해나 섭섭함
간혹 삶 속에 엎드린 오류마저도
고요한 샘물 속 그 하늘처럼
말갛게 헹궈지길 바라는
또 하나의 기도일지도 모른다.

그 옛날 마당 한가운데 빨랫줄에 널린
어머니의 하얀 옥양목 이불 홑청처럼
햇빛과 바람이 올 마다 들어서진 못할지라도
베란다 통유리를 통해
그 햇볕, 그 바람, 통으로 들어서리라는
또 하나의 희망을 함께 널어본다.

빨래를 한다는 건 어쩌면
껍데기를 돌려 또 다른 껍데기를 씻어내
진정한 껍데기만 남기는
또 하나의 역설인지도 모른다.

그 헹굼의 끝에
내 육신과 내 정신이 먼저 세탁되어야만
진정한 정화라는 어렴풋한 깨달음이
빨랫줄을 휘도는 7월의 바람 끝에
하늘거리며 웃고 있을지도 모른다.

해 바뀌는 창가에서

매화향 속에 시작된 봄
호흡이 넘나들던 길목마다
예상 밖 늪이 엎드려
발목을 가둔 바이러스
꽃잎은 간격 좁혀오지 못한 채
향기만 고요 속에 부서지던 봄

매미 울음소리는
한 음도 젖지 않고 밤을 건넜지만
계절의 한쪽 날개는
우울한 물빛으로 길게 젖어 온통 찢겼던 여름
먼 거리에서 바다는 입 다물고
푸른 눈으로 상처만 삼킬 뿐

반은 상처를 딛고 섰지만
끝내 결실이 되지 못한 것들과
반은 치유되어
눈부신 풍요를 이룬 가을 들판
나무의 감정까지 고스란히 끌어올린
빛깔의 끝에 고인 단풍
긴 기다림 끝 낙엽으로 돌아눕고
계절은 하얀 침묵 속에 멈춰 서 있다.

해는 뉘엿뉘엿 넘어가는데
깨어나지 못한 채 의식불명이던 그 해
잊어야 하나 새겨야 하나
한 해 동안 수십 년을 추월해 버린 그 해
한 발은 미래를 디뎠어도
다른 발은 현재에서 발 뗄 수 없는
기울어진 시간의 공존 속
모두 함께 아픈 탓에
각각 무게 다른 멍을 짊어지고
이젠 건너가야 할 시간

서서히 열리는 새해에는
긴 잠 털어내고
꼼지락거리는 새봄의 발가락이
모든 발길 풀어줬으면
새로 들어서는 향과 빛깔들엔
갇힘도 막힘도 없는 소망이
맘껏 자유로운 에너지로 일어섰으면

5부 교사 일기

함께 뛰놀던 함성도
지칠 줄 모르던 에너지도
37도 아래로 식혀야만 생존하는
끝나지 않는 게임

언젠간
개나리, 벚꽃, 봄볕 터지는 소리
와글와글 교정에 곧 돌아나겠지
하나둘 추위에 소멸했던 의식
또다시 봄볕처럼 발아지겠지

학년 말, 하교 이후

겨울을 끊임없이 지펴보아도
혈관은 가닥가닥 한랭전선으로만 흐르고
여전히 발끝은 동토(凍土)를 딛고 있다.

봄날 평화처럼
외경은 따스하게 누워있는데
걷히지 않는 어둠처럼
교실은 아직도 추위를 앓고 있다.

그 이상 노래하지 않는 새들처럼
교육현장은 언제까지
빙점만을 맴돌아야 하나

언젠간
개나리, 벚꽃, 봄볕 터지는 소리
와글와글 교정에 곧 돋아나겠지
하나둘 추위에 소멸했던 의식
또다시 봄볕처럼 밝아지겠지

빈

몇 개월인가를 살얼음판만 딛고 선
걱정 가득한 족적(足跡)들 뒤로한 채
31일 만에 멈춘 교정

세포마다 들어선 햇살 따라
통통 살 오르던 함성
그 살랑이는 바람 따라
마냥 들떠있던 발자국들
작은 몸짓에도
와르르 쏟아지던 웃음소리들
머나먼 동화 속 풍경일 뿐

공용물건 손 닿으면 안 되니
모둠이든 팀이든
함께 뭉치면 죽고
일정 간격이 유지되어야만 생존하던
기나긴 게임의 끝
어느 날 문득
고요해져 버린 운동장의 빈 표정

몇십 년간 쉴 새 없이 눈부셨던
어린 동맥들
모든 속도에서 내려
긴 동면으로 들어가 창백해진 이곳

하나하나 닻 내린 채 말라붙어도
희망을 벗지 않은 것들은
동토(凍土)를 뚫고 나올 힘 모아

하얀 눈 속에서 어느 순간
새봄 빼꼼 까치발 들었듯
묶여있던 자루 속 알뿌리가
절기가 바뀜을 먼저 알아채고
새순을 밀어내었듯
속도와 함께 성장이 멈춘 건 아니라서
묶였던 동심 닫힌 문 열고
봄철 시냇물처럼 다시 흐를 겁니다.
해마다 약속처럼 피어 반기던
등굣길 개나리, 벚꽃처럼
머잖아
벅찬 웃음 되찾을 겁니다.

현재인가 미래인가
- 첫 등교수업

온라인에서만 맴돌던 이름들이
드디어 오프라인에서 만나는 날
3월 아닌 6월의 또 다른 시작에
설레지만 이미 낯설어져 버린 풍경

자가진단으로 출발은 nice!
열화상 카메라를 통과하니
소독제와 또다시 기다리는 체온계
짝도 모둠도 없는 책상마다 투명 가림판과
거리 지키려 섬으로 깜박거리고 있는
교실 바닥부터 화장실마저도 따라오는 발바닥 스티커들
교실 곳곳, 문 곳곳에 환영 문구보다 더 많은
각종 코로나 수칙과 이미지들
몇 개의 터널을 거쳐도 여전히 계속되는 터널 속이다.

온라인 속 동선과 오프라인 속 동선이 겹치는
그 접점에서 만난 그들
온라인 수업 AI 보이스나 목소리로만 만나던 선생님과
온라인 댓글로만 알게 된 친구들
한 사람 한 사람 눈만 겨우 먼 거리로 마주치며
마스크 낀 채 반 토막 얼굴로만 만나니
열리지 않는 마스크 부분은 여전히 온라인인 채
빈 표정, 먼 거리로 남아 있구나

쉬는 시간도 중간놀이도 모둠 활동도
사라진 시정표 속에서
공동학습교구와 학급문고도 벽화처럼 앉아있고

모두가 자석의 같은 극 되어
다가선 만큼 밀어내야만 생존할 수 있는 법칙 속
언제까지 다양한 활동이
오랏줄로 묶인 일제식 수업이어야 하나

서로 그토록 기다려 왔던 개학이지만
3개월 넘게 출구는 계속 멀어져
덜 걷힌 안개 숲처럼
불안이 여전히 웅크린 채 갇힌 개학(開學)
눈만 끔뻑이는 동상처럼 앉은 채 보낼
이 박제된 시간이 언제쯤 풀리려나

어쩌면 등교수업은
이미 온라인 수업에 더 길들어져
미래를 살아가는 그들을
애써 불러모은 과거인 것만 같다.
어쩌면 우린 각자 이미 와버린 미래 속에
현재로 살아가고 있는 건지도 모를 일

그들의 자유로운 체온과 밝은 맥박 소리
맘껏 자유로운 거리로 친구들과 함께할 날
머잖아 다시 찾아오려나
아니면 돌아갈 수 없는 풍경이려나
한 발은 미래를, 다른 발은 현재를 딛고 선 채
반쯤 고개 돌린 옆모습으로
우린 현재를 살아가는가? 미래를 살아가는가?

101

인물 묘사
−코로나 시대 학생

죄 없는 입의 봉쇄로
점차 표정을 잃어가는 아이들

함께 뛰놀던 함성도
지칠 줄 모르던 에너지도
37도 아래로 식혀야만 생존하는
끝나지 않는 게임

아낌없이 열어야 할 감각은
'공동자료 사용 불가'로
여기저기 차단당한 채 말라가고
높게 열어야 할 꿈은
너나없이 생포되어
그 재잘거림과 반짝거림은 어느덧
밤거리 쇼윈도 닫히는 셔터처럼
무채색으로 빛을 잃어가는구나

긴긴 온라인 끝 등교수업 반겼는데

얼굴도 갸웃 이름도 갸웃

아침 시간도 쉬는 시간도 없어진

시간표마다

방역수칙 지켜내느라

간격만큼 자꾸만 벌어지는 마음

마스크 벗는 순간

어떠한 말소리도 없는 점심시간

확진자 가족 그림자 하나만으로도

전교생 그림자마저 거둬가는

사계절 겨울왕국이 된

그해 코로나 교정

통통 튀는 봄 햇살처럼

웃음 통통, 함성 통통

다시 상공까지 튀어 오를

그날은 언제 오려나

인물 묘사
-코로나 시대 교사

신학기 학생 맞을 준비에
마음을 몇 번인가 여며가며
밭두렁, 논두렁 돌보는 농부처럼
일 년 걸을 길목마다
단단히 장치를 걸어 준비하던 2월
내가 맡을 아이들 행여
그 누구라도 허물어질까 봐
아침을 뚫고 나올 힘 잃을까 봐
단단히 터 잡아 모든 걸 준비했으나
미세한 코로나가 거대한 와불상인 듯
가로누워 개학을 막아버린 그해 봄

마스크 안 꽃망울이 끝내 피어나지 못하고
계절은 울타리 밖에서만 머물다가
피지도 못한 꽃들은
젖어 시들다 계절을 등지던 유월 초
몇 개월간 교육과정은
몇 번을 출렁였던가?
온라인 강의 콘텐츠 만드느라
몇 시간을 녹음했는데
녹음이 다 날아가 버려 휘청
모든 소리 다 꺼 두고 녹음하는데
예상 밖 소리 출현으로
또다시 와르르

갖가지 AI 보이스 넣은 동영상 자료
더빙의 미묘한 엇나감으로 겹쳐버린 소리에
또 한 번 휘청

그러다 겨우 맞은 주 1회 개학인데
몇 학년인가 동거인 확진자 때문에
또 한 주가 또다시 위태롭게 흔들린다.

그 긴 비에도
젖지도 지치지도 않던
매미 소리가 끝나가도
햇살과 비바람의 이야기 담아
더 곱던 단풍잎이
향방 잃은 낙엽 되어 거리거리마다
벌어진 거리만큼 가득 쌓여도
여전히 끝나지 않은 길
좁혀오는 포위망 속
사슴의 두려운 눈망울 지키려
온라인 실시간, 등교 두 갈래 길
동시에 한발씩 디뎠는데도
휘청이지 않고 평정심 되찾아
그 길을 모데라토로 묵묵히 걷는 걸어야 하는
우리는 이 땅의 코로나 시대 교사

* 모데라토 (Moderato) : 가장 적당한 보통 빠르기

빈 교실 풍경

한랭전선이 끊임없이 지나는
초겨울의 빈 교실

뼛속까지 뒤흔드는
추위를 여미며
고독한 섬으로 떠올라
빈 바다를 지키고 있다.

유리창 창턱엔
빈 달걀로 만든 오뚝이 웃음이 살갑고
교실 뒤 게시판엔
물기 잃은 낙엽도
고추잠자리와 새떼들로 비상하고 있는데
썰물로도 밀물로도 흐를 수 없어
섬이 될 수밖에 없는 이여!

고열로 엎드렸지만
이마도 못 짚어준 승환이 자리.
어떤 말도 비집고 들 수 없는
근섭의 성역화된 손장난 구역

한발 앞서기에
잦은 말 새치기로 핀잔 받는
용우의 가위 눌린 말 조각들
항상 도덕 안에서만 사고하는
영신이의 갈래머리

발목까지 젖은 섬에
물결은 천파만파로 기대오지만
밀려오는 깊이만큼
다가설 수 없었던 섬

썰물 되어 떠난 자리
그 갯벌의 함성이
갖가지 숨결로 엎드린 자국들
섬은 떠난 후에야
가슴 숙여 어루만지며
비로소 초겨울 추위 속에서
벗어나고 있다.

축시
–가장 부신 이름으로

햇살이 가늘게 돌아눕는
가을의 포구에서
긴 세월 그 빛을 모으시다가
가장 부신 빛이 되어
돌아서시는 오늘

교직 외길 머나먼 길
때론 천직과 이직의 갈림길에서
때론 순수와 타협의 혼돈 속에서도
끝까지 어린 숨결을 지켜 주신
그 고결한 길

수 없는 언론의 매도와 하늘 덮는 불신이
이 땅의 스승을 매장하고
이 산하를 피멍으로 가물거리게 해도
분필 하나의 빛으로 이 땅을
의연하게 이끄신 님들이시여!

바뀐 창에도 이 땅이 아직 푸른 이유는
인자하면서도 때론 엄하셨던
바닥 깊은 사랑 때문이겠지요?
혼탁한 그 어디를 딛더라도
정신만은 맑게 닦아
정의를 지키라는 가르침 때문이겠지요?
죽은 지식보다는 산 지혜를 주신
가장 큰 무기 때문이겠지요?

그 들꽃 같은 모습 속에도
강인한 대나무와 품 넓은 바다가 자리하고

그 해묵은 소나무 같은 모습 속에도
작은 꽃망울과 부드러운 봄바람이 되어
어린 새싹들 이끌어주셨기에
그래도 이 땅은 희망일 수 있습니다.

이토록 숭고한 뜻과 가르침
아직도 배울 길 아득한데
오늘의 이별은 누가 가져온 철칙이오니까?
하얀 세월이오니까? 후배 위한 비움이오니까?
가을마다 교정 곳곳에 말간 햇살 찾아와도
다섯 분의 빈자리를 채울 수는 없겠지요?

아쉬움 겹겹이 길 막아와도
이제는 인연의 강 건너야만 될 시간

반세기 가까이 뿌려진 씨앗들이여!
남김없이 피어나
향 깊은 꽃길 만들라
해마다 나뉘어간 사랑이여!
남김없이 타올라
그 꽃길 한없이 밝히고
떠나 머무르시는 곳마다
가장 밝은 후광이 되어라

이 땅에 뿌리내린 모든 생명이여
마음 푸른 청년의 힘줄처럼 일어나
영광의 노래 부르라
영광의 노래 부르라

* 교직 퇴임 '축시'로 낭독해 드린 몇 편 중, 택1

말 그리고 말 2

상처를 제대로 알지 못하고
마음이 충분히 다가서지 않은 채
쉽게 사과하라고 해
또 다른 상처를 주지 않았나
말을 돌아봅니다.

어린 우리 반 친구들에게도
늘 친절로만 대할 수 없어
혹 권위라는 무게로, 혹 바쁘다는 이유로
걸어오는 말이나 마음을
외면하진 않았는지
좀 더 따뜻해야 할 말을 건너뛴 건 아닌지
꼭 필요한 말이었는데 감춰서 준
상처는 없었는지
그 말의 결을 되뇌어봅니다.

마음에 앞서 나간
남에게 그늘 줬던 말 그림자까지
모두 다시 소환해
내 마음속 말 무덤에
묻어버리고 싶습니다.

6부 감상 시

– 시
– 그림
– 영화

*

본질을 예각으로 꿰뚫고 있으면서도
읽다 보면 따스함이 함께 서린 시
냉각될 수 없는 희망이 반짝이는

*

드러난 슬픔의 통로를 따라
절제된 무게로 낱낱이 드러번
그 깊이에 다다르면
서서히 치유가 일어나는

*

시대 향한 분노와 한이
바닥 닿아 무심해질 때까지
멈추지 않던 청다색 내리긋기

*

선은 선 밖으로 벗어나 흐르고
색도 색 밖으로 벗어나 번져가
그 열정이 화려하게 비상하나 보다.

류시화 시인의
─『외눈박이 물고기의 사랑』 감상 시

그 맑음이 다르다.
그 비어있음도 다르다.
다가오는 깊이와
남아있는 파장이 다르다.

그는 인생을 얘기하지만
늘 인생을 벗어난 제3의 시공 속에
허허롭게 낮달처럼 웃고 있다.

말로 표현했지만
읽는 이는 말을 벗어나지 않으면
표현 못 할
그 어떤 힘이 있다.

세한도 가는 길
– 김비주 시인의 '첫 눈' '눈꽃' 감상 시

시인의 내밀한 언어가 풀어내는 풍경이
어느샌가 독자를
세한도 속으로 걸어가게 한다.

툭 던지는 시어가 담백한 듯하면서도
한 발 더 들어가 보면
어김없이 메타포가 장전된 시
그걸 풀어가는 무게 너머
퍼즐을 풀어가는 산뜻한 유희도
시를 읽어가면서 받게 되는
또 다른 경이로운 선물이다.

시인의 시선이 본질을
예각으로 꿰뚫고 있으면서도
읽다 보면 따스함이 함께 서린 시
냉각될 수 없는 희망이 반짝이는 시

시인 김비주 시집 『오후 석 점, 바람의 말』 중 '눈꽃'
시인 김비주 시집 『봄길, 영화처럼』 중 '첫눈'

시(詩)와 시(詩)가 만났을 때
- 세 권의 시집을 읽고

몇 년 동안 뛴 적 없던
푸르죽죽하게 녹슨 심장 한쪽 끝에서부터
가느다란 떨림이 무성하게 돋아나더니
온몸에 피를 돌게 하는 시

척추, 그 밑동까지 파고든 바람에도
흔들리지 않을 묵직한 중력으로 서 있다가도
또 어떠한 미풍에도 흔들거릴 줄 아는
유연함이 흐르는 시

시 속에도
어떤 인력(引力)이 작용해서인지
돌아서서 한참을 지나와버린 발길 세워
마비된 감각세포를
마디마디 흔들어 깨우는 시

연마다 행마다

치환할 수 없는 메타포가

원래 그 자리였던 것처럼

실체의 뿌리로 내려

평온하게 숨 쉬고 있는 시

늪인 듯 한 발짝도 움직일 수 없는

온통 까마득한 어둠 속에서도

발아될 무수한 생명과

그 속 무수한 꿈

각기 다른 빛깔을 품고 있는 시

그리하여

결국 시 속으로 들어가

또 하나의 시를 쓰게 하는 시

혹은 어떠한 시도 못 쓰게

석고상처럼 응고시켜 결박해버리는

그런 시

* 세 권의 시집
심승혁 시인 시집『수평을 찾느라 흠뻑 젖는 그런 날이 있다』
윤석진 시인 시집『남한산성 바람을 타고』
홍계숙 시인 시집『피스타지오』

소금 꽃 시
– 김학주 시인 시와 시조 감상 시

간결과 압축 사이
시의 긴장미는 오롯이 살려
바닷물과 햇빛이 섬세하게 피워낸
그 해변의 소금 꽃 같은 시

온갖 해풍과 폭풍우를 디딜지라도
딱 그만큼의 염도
딱 그만큼의 햇빛을 유지해
수 없는 달과 해가 겹쳐 떠야만
비로소 피어나는 소금 꽃

대서양이 품은
온갖 설렘도, 아픔도, 위기도 다 품었지만
절제된 시어로
딱 그만큼의 크기로만
숨죽인 채
숭고하게 열리는 소금 꽃

지상이지만 지상을 벗어난 높이에서
깊은 만큼 높이 빛날 줄 알던
영원히 지지 않을
하얀 소금 꽃

김학주 시인 제5시집『사랑별 반짝이는 날』중 '나비'
김학주 시인 감성시조집『하늘엔 사랑별, 땅엔 들꽃』'얼음새꽃'

감정을 켜는 시(詩)
  - 홍종화 시인의
    『슬픔에 대한 짧은 이야기』감상 시

내 감정도 내가 몰라
꺼져가는 모닥불처럼
모든 의식이 희미해지는 날

마지막 남은 의식도
어지러운 바람의 눈 앞에
외줄 위를 딛고선 시간

의식의 흐름 그 밑바닥에 고인
감정의 민낯이 들여다보이는
어둠 속 한 줄기 빛
거기에 딱 맞는 볼트로 끼우면
방향 잃었던 감정선도 비로소 보인다.

드러난 슬픔의 통로를 따라
절제된 무게로 낱낱이 드러낸
그 깊이에 다다르면
서서히 치유가 일어나는 시(詩)

황량한 거리를 걷는 그 詩에
하나둘 따스한 불을 켜는 의식들
망각의 펜스를 튕겨 나온 감정의 꽃 무더기가
한 줄기 바람으로 불어온다.

그 시(詩)만의 표정
– 김경희 시인 『마중 나가는 여자』 감상 시

더 이상의 말은

이미 사치였다

도슨트[1]가 필요 없는

전시장 그림

한 가닥 꼬임 없는 길 열어가도

햇살 툭 바람 툭 어깨 건드려

풍경이 떠오르는

그 여백

그 담백한 흐름에도

꽃은 더욱 빛났고

향기는 더욱 길었다.

오후 길게 드는 햇살 품은 詩

---

1) 도슨트(Docent) : '가르치다'라는 뜻의 라틴어 '도케레(docere)'에서
　　　　　　　　　유래한 용어로 박물관, 미술관 등에서 관람객을 대상으로
　　　　　　　　　전시 내용을 설명하는 전문 지식을 갖춘 안내인을 지칭

그 향기마저 빛나는 詩
– 이태기 시인 『탱자꽃』 감상 시

통증이 일고 있는 안 쓰던 근육을
정교하게 밝혀
세월의 긴 녹이 들여다보이는 시

무채색으로 저무는 기억의 저편을
다시 불러들인 토속적인 풍경으로
도시의 세포를 생경하게 더듬는 시

유니크한 관점으로 실존을 들춰
홀로 쓸쓸히 아파하는 시
등 돌릴 수 없는 따스한 인간미

예각으로 파고드는 앙가주망[1]으로
시대의 아픔을 걸머진 채
총탄 가득한 광장으로
방탄조끼도 없이 걸어 나왔지만
한 방 풍자의 조끼로 웃음 짓게도 하는 시

삶의 통찰이 눈부시게 빛나는 詩

---

1) 앙가주망(engagement) : 현실에 대해 비판적이고 사회 변혁에 실천적인 역할을
해야 한다는 문학이념을 가리키는 포괄적인 개념. 사르트르의 용어임. 사회 참여.
현실 참여. 자기 구속(自己拘束).

그 화가의 작품
– 조성미 화가의 작품 감상 시

그 화가의 작품 앞에 서면
그 안에서 촉수처럼 뻗어 나오는 길
그 길을 따라 풍경 속으로
한 발 한 발 걸어 들어가 보면
거기엔 가장 높은 명도로 반짝이던 내 유년이
엄마의 손길 받아 따스한 채 누워있다.
영원히 지지 않을 봄이
바람 따라 하늘거리기 시작하면
그 넓은 들판을 힘껏 달리는 내 작은 꼬까신

캔버스에서 배어 나오는 빛깔들은
마음속 음지도 빈틈없이 비춰주고
어둠과 걱정도 환하게 밝혀주는 힘은
꽃잎마다 빛깔마다 담겨 있어
밑동과 가지에까지 달리다가
맥박으로 살아 뛰기 시작한다.
가슴에 뿌리를 내리고
나무가 살아나고 꽃이 피어나
제각각 빛을 뿜어내고 있는 게 분명하다.

선은 선 밖으로 벗어나 흐르고
색도 색 밖으로 벗어나 번져가
갇혔던 그 열정이 또다시
화려하게 비상하나 보다.
계절마저도 계절 밖으로 벗어나
어떠한 막힘도 없이
맘껏 자유롭고 맘껏 풍요롭다.

* 인사동 갤러리에서 조성미 화가 제5회 개인전을 보고

하늘과 바람과 별과 시
– 영화 '동주' 감상 시

시어 한 행 한 행
혈관을 타고 낯선 그림자로
저벅저벅 걸어오다가
이내 선명한 핏빛으로
멈춰 서서 기다리는 밤

흑백 역사가 컬러 보다
깊은 음영으로 남는 영화
시어가 대사로 나올 때마다
가슴 속 수맥 막힌 샘물이
문득 솟아 젖게도 하다가
썰물 빠진 자리에 우두커니
공허만 슬픔 되어 빈 나무처럼 서 있다.

시어 하나하나
또 다른 언어의 포위망에 갇혀
수인처럼 함께 투옥되었지만
시인의 정신은 이미
영어(囹圄)를 풀고 오른 하늘이었다가
텅 빈 이국의 바람이었다가
홀로 잠들지 못한 별이었다가
언제든 비행할 수 있는
자유로운 시가 된다.
영원히 마르지 않을

아무래도 각자의 가슴마다
그 시를 등불처럼 켜두었나 보다.
영원히 지지 않을

청다색 내리긋기
- '화가 윤형근 작품전' 감상 시

근현대 역사 속
일제강점기와 6.25
비운의 시대 무게
양어깨에 짊어진 채
오직 청다색으로 살다간
고 윤형근 화백

시대를 단죄할 수 있는
유일한 색
검정색이 된 청다색
내리긋는 수많은 붓질 속에
시대 향한 분노와 한이
바닥 닿아 무심해질 때까지
멈추지 않던 청다색 내리긋기
암갈색과 블루 섞인
그 어디쯤에선가 오히려
검은 빛으로 말갛게 되니
하늘과 땅 어디에도 그를
수인(囚人)으로 가둘 공간은 없구나

그 내리긋기는
지금도 억울한 창살 속 삶들
그 수많은 창살을 가른 것일까

그를 가둔 것들로부터의
끝없는 탈출이었을까
모자만으로 레닌으로 몰렸던
뜻을 왜곡했던 시대
세상 향한 단절이었을까
아픈 내면으로 향한 색
내면의 그 강인한 힘이
고스란히 담백하게 묻어난 색
가장 어두우면서도
가장 밝은 빛도 품을 줄 아는 색
시작도 끝도 동일할 수 있는 색

그 색채의 기운이 다 찼을 때
그 색채의 기운 다 비워졌을 때
비로소 멈춰지는 붓질
마포 위 여백마저도 투명해지는
무심해진 그 자리에 비로소
하늘과 땅 가르는
천지문이 열린다
가장 밝고 가벼워진 무게로
윤형근, 그가 올라선다

* 국립현대미술관 '고 윤형근' 작품전을 보고

그와 또 다른 그
– 영화 '천문' 감상 시

하늘을 열고
시간을 열려고 하는
높고도 먼 세종의 뜻
그 날개를 돋게 한
밤하늘 마주한 우주 공간 속
왕과 노비의 그 날 밤

아무리 헤쳐나오려 해도
여전한 안개 숲 같던 신분이지만
인간으로 어깨 나란히 한 순간
아래를 향해야만 했던
상실된 시신경이 되돌아오고
생각은 시대의 옥타브를 벗어나
끝 모를 비행을 시작한 노비

명나라에 앞서
스스로 속국으로 옥죄어가는
대신들의 퇴보 없는 사대주의는 결국
생각의 문 걸어 형틀에 묶고
왕까지 생각 속에 가두려던 시대

스스로 시간을 열어 시간의 주인이 되고
스스로 하늘을 열어
천체의 중심도 될 수 있다는 생각
천지인의 원리에 조음 구조 본떠 만들어

하늘 아래 가장 높은 언어지만
가장 낮은 곳까지 따뜻하게 하는 소리글자

속국을 대물림하려는 답답한 안개 속
그 마음 알아줄 이, 단 한 사람
조공의 한 가지쯤으로 바쳐져야만 하는
명나라 향하는 그 신분 알고
일부러 안여(安輿)¹⁾를 부서지게 한
그 왕의 숨은 뜻 그 누가 알려나

왕의 앞선 생각 무엇이든
형체로 일으켜 세우던 그
비 오는 날 밤하늘 별자리까지
창호지 문에 빛나게 하는구나

스스로 하늘 열어보려
하늘에 수없이 물으니
하늘은 물음마다
천체 움직임을 깨우쳐 가라고
시간과 절기, 역사마저도
답으로 펼쳐 보여 주었구나
거기에 수많은 길을 열고
새로운 지평 새로운 우주를 본
그와 또 다른 그

1) 안여(安輿) : 임금이 타는 가마

125

영화 '러빙 빈센트' 감상 시

시시각각 꿈틀거리면서 살아 흐르는 화면이나
빈센트 반 고흐의 죽음 뒤편에 있는
그 쓸쓸함과
광기라 불리는 열정
몇 번인가 가슴 뭉클해져 며칠 있다가
다시 또 보고 말 영화
다가서니 마음 깊어 따뜻한 사람이던
고흐에 사로잡혀
별이 한껏 빛나던 그 밤

죽음에 깃든 미스터리와
우리가 언젠가 마주했던 그의 그림들이
한 점 한 점 일어서기까지
슬픈 자화상처럼 장면마다 묻어나고
붓 터치한 방향마다 빛깔마다
그저 감탄의 멀미는 상영 내내
때론 흑백으로까지 일렁였다.

바닥 닿는 가난 속에서
8년간 800점의 그림을 그렸어도
가슴 속 불꽃이 사그라지지 않아
마침내 불이 되어 떠나간 빈센트 반 고흐
100년도 훨씬 넘은 오늘에야
영화 속을 물고기처럼 맘껏 유영하는
수십의 고흐, 수백의 고흐

영화 '말모이' 감상 시

한 사람의 열 걸음보다
열 사람의 한 걸음이
더 크다는 걸 알기에
척박한 땅 내린 뿌리로
생명 지켜나간 민들레 홀씨
그 방향 다른 여행은 끝날 줄 모르고
또 다른 생명으로 터질 줄 알았기에
숨죽이며 흩어지는 말
뿌리까지 고사시킬 수 없는 일

이미 조국 산하 곳곳에서
이 땅의 동맥 되고 모세혈관 되어
흐르고 숨 쉬는 우리말 뿌리들
그렇게 모아진
그 혼과 정신의 씨앗
혈안 번뜩이는 일제에
송두리째 빼앗길 순 없는 일

'반달' 노래로 기다리던
이 땅의 아들딸과 오누이들에게
오명과 치욕이 유산일 수 없었기에
피 맺힌 상실 속에서도
피, 고문과 맞바꿔 모은 말
목숨 바쳐 목숨 지킨 역사

그 한가운데 선 영화 '말모이'

일어서는 밤

정해란 시집

2021년 1월 29일 초판 1쇄
2021년 2월 4일 발행
지 은 이 : 정해란
펴 낸 이 : 김락호
디자인 편집 : 이은희
기 획 : 시사랑음악사랑
연 락 처 : 1899-1341
홈페이지 주소 : www.poemmusic.net
E-Mail : poemarts@hanmail.net

정가 : 10,000원

ISBN : 979-11-6284-261-4